BoD

Severin Ramus

Caspars Suche nach dem Leben
und
wie er den Tod fand

ISBN 978-3-7322-5605-1

Bibliografische Information der Deutschen Nationalbibliothek:
Die Deutsche Nationalbibliothek verzeichnet diese Publikation
in der Deutschen Nationalbibliografie; detaillierte bibliografische Daten sind im Internet über www.dnb.de abrufbar.

Foto Cover: Meiji, „Einsame Wanderer", CC-Lizenz (BY 2.0)
http://creativecommons.org/licenses/by/2.0/de/deed.de
Quelle: www.piqs.de
Bearbeitet von: Carolin Ramus

Es geht um Entscheidungen, nicht wahr? Gehe ich nach rechts oder nach links? Werde ich Arzt oder Anwalt? Kaufe ich einen Sportwagen oder einen Kombi? Irre ich weiter umher oder bereite ich allem ein Ende?
Springe ich oder springe ich nicht?

Es geht um Entscheidungen. So stand ich hier, unter mir nichts als Wasser und Felsen, an welche meterhohe Wellen mit einem Zorn und einer Beständigkeit preschten, die mir einen Schauer über den Rücken jagten. Hier wird es also enden. Ein letztes Mal holte ich tief Luft und schloss die Augen.

„Schöne Aussicht hier." Die Stimme ertönte direkt neben mir und fuhr mir durch Mark und Bein. Wie aus dem Nichts stand plötzlich keine fünf Meter von mir entfernt ein Mann. Er sah mich verständnisvoll an und deutete nach unten.
„Du wärst garantiert sofort tot."
Ich war perplex. „Was… was wollen Sie?"
Nun sah er mich fast schon belustigt an. „Die Frage ist wohl eher: Was willst du, Caspar?"
„Woher kennen Sie meinen Namen?" „Sagen wir es so: Ich kenne dich einfach. Gehen wir ein Stück?"
„Wie Sie sehen ist das nicht gerade ein passender Moment." „Oh doch, das ist sehr passend. Komm!"

Der seltsame Fremde zog mich von der Klippe weg und ging den Weg weiter, den ich hergekommen war. Vollkommen verwirrt starrte ich ihm hinterher. Was sollte das alles? Mein Leben war doch schon verwirkt genug, da brauchte ich keine fremde „Hilfe".

Nichtsdestotrotz ging ich ihm hinterher, er hatte meine Neugierde geweckt. Als ich ihn eingeholt hatte, nickte er mir nur zu und wir liefen schweigend nebeneinander her. Nach ein paar Meilen kamen wir zur Straße und er machte an einer Bushaltestelle halt, fragend sah ich ihn an.

„Weißt du, was faszinierend ist? Bus fahren!" Er lachte, mein verwirrter Gesichtsausdruck muss recht belustigend ausgesehen haben.

„Du steigst ein und weißt nicht, was dich erwartet. Du begibst dich auf eine Reise. Dein Ziel kennst du vielleicht, doch was auf dem Weg dorthin passiert, kannst du nicht vorhersehen. Du teilst dir mit den unterschiedlichsten Menschen für eine bestimmte Zeit den gleichen Raum, redest vielleicht mit manchen, streitest dich oder ignorierst alle anderen und wenn du dein Ziel erreicht hast, gehst du allein wieder deiner Wege. Das ist so ein bisschen wie mit dem Leben, nicht wahr?" Mit diesen Worten stieg er in den gerade vor uns haltenden Bus.

„Kann sein", murmelte ich nur und folgte ihm. Warum ich das tat, wusste ich nicht. Er hatte etwas an sich, was einen in seinen Bann zog. Nicht unbedingt etwas Positives, es war wohl viel eher die Faszination für das Mysteriöse, die mich antrieb.

Er wählte die letzte Bank aus und gezwungenermaßen ließ ich mich neben ihm nieder. „Hier sitze ich gerne. Von hier habe ich alle im Blick. Aufregend, oder?" Entgeistert blickte ich zu ihm hinüber. War er geisteskrank? „Was bitteschön ist daran aufregend? Wir sitzen in einem Bus! Abgesehen davon weiß ich immer noch nicht, woher Sie mich kennen, geschweige denn, wer Sie überhaupt sind und was Sie von mir wollen!" So langsam war mein Geduldsfaden überspannt.

„Hast du beim Einsteigen den Mann in der dritten Reihe gesehen? Vermutlich nicht, oder? Er hat nur ein Auge." Was sollte das jetzt? Er ging nicht auf meine Fragen ein. Was für ein Spiel wurde hier gespielt? „Das kleine Mädchen in der Viererbank daneben fürchtet sich vor ihm, denn er beobachtet Mutter und Tochter schon seit geraumer Zeit äußerst argwöhnisch. Die kleine quengelt und will ihre Mutter dazu bewegen, sich woanders hinzusetzen. Doch die Mutter ist viel zu sehr damit beschäftigt, dem Bauarbeiter gegenüber schöne Augen zu machen, der sie mittlerweile schon eine halbe Ewigkeit lüstern anstarrt. Dass dieser Widerling später versuchen wird, erst sie und dann ihre Tochter zu vergewaltigen, weiß sie nicht. Genauso wenig wie das kleine Mädchen weiß, dass der unheimliche Mann mit nur einem Auge, der nicht sie, sondern ihren späteren Peiniger beobachtet, beide vor besagtem Schwein retten wird. Er ist, oder vielmehr war, Soldat. Er verlor sein rechtes Auge im Gefecht, so wie er auch viele seiner Kameraden dort verlor. Tragisch, nicht?"

„Was soll das? Haben wir jetzt Märchenstunde?"

Ich kapierte einfach nicht, was er von mir wollte.

„Sag mir, ist dir der Mann mit dem einen Auge auf-gefallen? Oder der Bauarbeiter? Oder die Frau und das Mädchen?" Ich sah nach vorn. Erst jetzt nahm ich die anderen Personen um mich herum wahr. Da waren sie alle: der einäugige Veteran, Mutter und Tochter, der Bau-arbeiter und noch so viele mehr, die ich zuvor keines Blickes gewürdigt hatte.

„Du siehst dein Umfeld nicht, Caspar. Du hast deine Augen offen und dennoch siehst du nichts. Warum gehst du an den Menschen vorbei als wären sie leere Hüllen? Jeder von ihnen hat seine Geschichte. Manche davon sind tragisch, manche fröhlich, manche grausam und wieder andere wurden noch gar nicht erzählt. Genauso wie Lisas Geschichte, nicht wahr?"

Bei dem Namen ging ein Zucken durch meinen Körper. Schmerz und Trauer brachen über mich herein wie boshafte Wellen. Die Wunde war zu frisch und er hatte gerade seinen Finger mitten in sie gelegt. Entsetzt sah ich ihn an. „Woher wissen Sie davon? Was soll das ganze hier? Lassen Sie mich in Ruhe!" Ich sprang von meinem Sitz auf und rannte durch den Bus Richtung Fahrer. „Lassen Sie mich sofort hier raus! Sofort!" Ich schrie. Ich weinte. Ich wusste nicht, wie mir geschah. Da war sie wieder, diese Dunkelheit, die mich schon die letzten Wochen gefangen hielt. Ich taumelte aus dem Bus. Wo ich war, wusste ich nicht. Das war auch egal. Ich lief ein paar Meter, dann blieb ich stehen. Ich zitterte am ganzen Leib. Regen durchnässte mich, aber auch das war egal. Ich sah dem Bus hinterher und wünschte mir, ich wäre diesem Fremden nicht gefolgt. Ich wünschte mir, ich wäre einfach von der Klippe gesprungen.
„Ist das so, Caspar? Wünscht du dir das wirklich?"
Erschrocken fuhr ich herum. Da stand er wieder. Resignierend ließ ich mich zu Boden fallen. „Lass mich in Ruhe, lass mich einfach in Ruhe, bitte." Ich winselte nur noch. Meine Kraft war dahin. Ich wollte nur noch eins: Sterben.

Es war ein schöner Tag. Pfeifend schlug ich die Straße zum Krankenhaus ein. Seit nunmehr zwölf Jahren ging ich jeden Tag den gleichen Weg. Ich liebte meinen Job. Ich begegnete den unterschiedlichsten Menschen und begleitete sie auf ihrem Weg der Genesung.
Gut, ich war kein Arzt und als Pfleger rettet man nicht tagtäglich Leben, aber ich trug meinen Teil zum Ganzen bei. Wenn ich nach einer anstrengenden Schicht vollkommen erschöpft nach Hause kam, hatte ich dennoch ein gutes Gefühl, denn ich wusste, dass ich Menschen geholfen hatte. In den Jahren, in denen ich nun hier im Krankenhaus arbeitete, war ich sowohl dem Leben als auch dem Tod begegnet. Letzterem hatte ich die düsteren Tage zu verdanken. Doch zum Glück hatten sie nie die Oberhand gewonnen. Bis jetzt.

Auch wenn heute alles auf Routine hindeutete, war es doch ein besonderer Tag. Vor sechs Monaten habe ich mich auf die Kinderstation versetzen lassen – Abwechslung tat bekanntermaßen gut. Auch sechs Monate war es her, als Lisa, die Tochter meiner besten Freunde, eingeliefert wurde. Sie war meine erste Patientin. Sie war sieben Jahre alt und litt an Leukämie. Ich war sehr schwer von ihrem Schicksal getroffen, kannte ich sie doch eigentlich nur als fröhliches und aufgewecktes Mädchen, mit dem ich noch auf ihrem letzten Geburtstag rumgealbert hatte. Doch nun wurde sie von einer Krankheit ans Bett gefesselt und musste zahlreiche Untersuchungen über sich ergehen lassen. Allein mitanzusehen wie ihr während der Chemotherapie die Haare ausfielen, war grausam. Doch sich abzuwenden, um das Leid nicht zu sehen, half niemandem. Ich habe mich so gut es ging um sie gekümmert und mich darum bemüht, ihr ein halbwegs normales Leben zu ermöglichen. So normal wie es eben in einem Krankenhaus geht.

Familie und Freunde besuchten sie fast täglich und zusammen mit den Ärzten, Pflegern und Krankenschwestern machten wir ihr bewusst, dass wir alle gemeinsam gegen ihre Krankheit kämpften. Sie alle hatten dieses unschuldige Kind mit den blonden Locken und großen blauen Augen bereits am Tag ihrer Einlieferung ins Herz geschlossen.

Heute war ein besonderer Tag, weil es vielleicht Lisas letzter Tag im Krankenhaus sein würde. Es hatte sich tatsächlich ein Knochenmarkspender für sie gefunden und die Operation hatte sie schon hinter sich. Alles war reibungslos verlaufen und wenn die letzten Untersuchungen gut liefen, dürfte sie endlich das Krankenhaus verlassen. Ich war sehr gespannt auf die Ergebnisse! Ich wünschte ihr so sehr, dass sie endlich nach Hause durfte und ein ganz normales Leben fernab von Ärzten und Krankenhäusern führen konnte.

Voller Vorfreude öffnete ich die Tür von Zimmer 312. Mein Blick irrte suchend umher. Das Zimmer war leer. Das Bett sah aus, als ob nie jemand darin gelegen hätte, als ob nie Lisa darin gelegen hätte. Keine Blumen, keine Kuscheltiere, keine Bücher – nichts. Nur eine kalte Leere blickte mir entgegen und kroch mir unter die Haut.
Was sollte das? Wurde Lisa schon entlassen? Ich wollte gerade das Zimmer wieder verlassen als Schwester Lea mit besorgtem Blick mir gegenüber trat. „Casper. Sie

ist...", ihre Stimme brach ab, ihr Blick sagte alles. „Nein! Sag das nicht! Sie sollte doch endlich nach Hause kommen! Alles war gut! Ihr ging es gut, sie hatte es geschafft!" Ich schrie sie an. Mit bebender Stimme fuhr sie fort. „Letzte Nacht traten Komplikationen auf. Es war zu viel für ihren kleinen Körper. Ihr Herz hat versagt. Caspar, du weißt, dass das passieren kann. Du hast es schon oft genug miterlebt." Das war's. Meine Welt brach zusammen. Ich schrie sie weiter an, weinte und stieß sie schließlich zur Seite. Ich rannte aus dem Zimmer, die Treppen hinunter, immer weiter, raus aus dem Krankenhaus. Weg von diesem Ort. Weg von dem Bett, in dem sie gestern Morgen noch gesessen hatte. Wir hatten rumgealbert und Pläne gemacht, was sie alles tun wollte, wenn sie endlich diesen Ort verlassen hatte. Jetzt hatte sie diesen Ort verlassen. Doch auf die schlimmste Art und Weise.

- Flashback Ende –

„Caspar! Steh auf!"
Noch immer saß ich wie ein Haufen Elend auf dem nasskalten Boden. Verstört sah ich ihn an. Jenen Mann, der die Wunde wieder aufgerissen hatte. Warum bin ich nicht von der Klippe gesprungen? Ich war bereit. Ich hatte mein Leben abgehakt.

„Los, beweg dich!" Er zog mich hoch, sodass ich wieder auf den Beinen stand. Verzweifelt sah ich ihm in die Augen. „Was willst du von mir?"
„Komm mit, ich zeig dir was." Schon wandte er sich von mir ab und ging weiter entlang der Straße. Fast automatisch folgte ich ihm. Moment. Wieso überhaupt?

Die Bekanntschaft mit diesem mysteriösen Fremden mit einer offensichtlichen Antipathie gegenüber dem Beantworten von Fragen hatte mir bis jetzt absolut nichts Gutes eingebracht.

Abrupt blieb er stehen. „Wo bleibst du? Du verpasst ja noch das Beste!" Ich warf alle Zweifel und Gedanken über Bord und schloss zu ihm auf. Was hatte ich zu verlieren? Außer Selbstmord stand heute nichts auf meinem Tagesplan und davon hatte er mich abgehalten. Morgen war ja auch noch ein Tag.

Wir gingen gut 20 Minuten schweigend nebeneinander her. Ich war zu kaputt, um ihm weitere Fragen zu stellen. Außerdem hätte er sie mir ja doch nicht beantwortet.

Plötzlich bog er querfeldein und bahnte sich einen Weg durch meterhohes Gestrüpp. Wo wir waren, wusste ich schon lange nicht mehr, also folgte ich ihm weiter blind. Das Gras war feucht und durchnässte meine Schuhe. Wo er hin wollte, wusste ich nicht. Wir waren mitten in einem Feld, abseits der Straße, die Lichter der Stadt konnte ich nur noch erahnen. Mittlerweile machte er auf einem Hügel halt und neben ihm angekommen, wollte ich mich gerade über diese „Wanderung" beschweren als er nur seine Hand hob und gen Horizont deutete. Ich blieb still, denn ich folgte seinem Blick und sah es: Ein gigantischer roter Feuerball sank Richtung Erde und tauchte den ganzen Himmel in ein Feuerwerk aus warmen Farben. Die nassen Schuhe und meine Abgeschlagenheit waren vergessen, gebannt beobachtete ich dieses wunderschöne, unglaubliche und doch alltägliche Naturschauspiel. Erst als die Sonne untergegangen war, durchbrach ich die Stille.

„Das war fantastisch." „Ja, das war es. Wie oft hast du dir in deinem Leben Zeit genommen, solche Dinge zu bestaunen?" Neugierig sah er mich an. „Was soll die Frage? Ich weiß es nicht. Wer merkt sich so was?" „13 Mal." „Was?" Er war geisteskrank, eindeutig.

„13 Mal hast du dir wirklich Zeit genommen, den Sonnenuntergang zu bewundern. 13 Mal in deinen 37 Jahren auf dieser Erde. Ist das nicht erschreckend? Du lebst jeden Tag vor dich hin und nimmst deine Umgebung, die Menschen und Wunder darin, nicht wahr. Du ignorierst sie regelrecht."

Sein Blick gefiel mir überhaupt nicht. Es war eine Mischung aus Mitleid, Enttäuschung und Tadel.

Ich könnte auch irgendwelche Lügen erfinden! Woher wollte er schon so viel über mich wissen? Er kannte mich nicht, was wusste er schon von meinem Leben? Er hatte kein Recht über mich zu urteilen.

„Du verträgst die Wahrheit wohl nicht so gut, wie?"

„Was? Mir reicht es langsam. Sag mir endlich, was du von mir willst! Du schleifst mich hier durch die Gegend und spielst dich auf als wärst du der Herrgott persönlich!" Er lachte nur und deutete mir, mitzukommen. Da ich der Sache, oder vielmehr ihm, auf den Grund gehen wollte, folgte ich ihm weiter.

Wir gelangten zu einer Straße. Am Rand stand ein Auto und wie selbstverständlich öffnete er die Fahrertür und stieg ein. Ungläubig sah ich ihn an. Da startete er den Wagen, fuhr die Scheibe hinunter und rief mir zu: „Jetzt steig schon ein!" Immer noch leicht verwirrt nahm ich auf dem Beifahrersitz Platz. „Soll ich raten oder fragen? Obwohl, du antwortest mir ja eh nicht." Er fuhr los und lächelte – schon wieder. Ich schien generell sehr belustigend zu sein für jemanden, der vorhatte Selbstmord zu begehen. „Rate doch." „Ok. Aber ich habe eigentlich nur eine gute Erklärung für das alles hier: Du bist verrückt." „Hm. Mir wurde schon vieles nachgesagt, aber ‚verrückt' war eigentlich noch nicht dabei. Auf Grund der dir vorliegenden Fakten ist das die einzig logische Schlussfolgerung für dich? Du bist kein guter Beobachter, Caspar." „Na schön. Was liegen mir denn für Fakten vor? Du bist ein Fremder, dessen Name ich noch nicht einmal kenne. Du tauchst aus dem Nichts auf, kennst meinen Namen und hast offensichtlich eine Vorliebe für Spaziergänge und Ausflüge. Ach ja, und du bist ein Besserwisser und Geheimniskrämer." „War's das?" „Ähm, ja." „Wow. Klingt ja nicht gerade sehr toll. Jedoch nichtsdestotrotz bist du noch immer hier bei mir. Das sagt eigentlich schon fast mehr über dich als über mich aus, meinst du nicht auch? Die meisten halten es nicht so lange mit mir aus." „Die meisten? Heißt das, du ziehst solche Nummern öfters ab? Bist du ein Serienkiller oder so was?" Und schon wieder lachte er, jedoch veränderte sich sein Gesichtsausdruck zu einer nicht deutbaren Mine. „Serienkiller. Auch wenn manche mich gerne so beschimpfen möchten, muss ich diese Frage dennoch verneinen." Eine unangenehme Stille machte sich breit und ich dachte über das Gespräch nach. War ich vielleicht hier der Geisteskranke?

„Wir sind da." Mit diesem Satz scheuchte er mich aus meinen Gedanken und ich stieg aus dem Auto. Wir standen direkt vor einer Kirche. Zielstrebig ging er hinein. Ich folgte ihm und nahm neben ihm auf einer der Kirchenbänke Platz. Es war eine nicht allzu große Kirche mit schnörkelfreiem Altarraum. Neben uns waren tatsächlich noch andere Menschen hier. Eine Familie zündete gerade ein paar Kerzen an und noch ein paar andere schienen in den vorderen Bänken zu beten. Ein Priester unterhielt sich gerade mit zwei Männern abseits des Altars.

„Also wenn du mich jetzt hier bekehren willst, dann ist das zwecklos. Das kann ich dir jetzt schon sagen." Er starrte weiterhin gerade aus. „Oh, mach dir da mal keine Sorgen. Dafür bin ich nicht zuständig." „Was wollen wir dann hier?" „Siehst du die Nonne in der ersten Reihe?" Ich blickte nach vorn und fand sie kniend mit einem Rosenkranz in der Hand. „Ja." „Was macht sie für einen Eindruck auf dich?" „Nun ja, sie sieht aus wie eine ganz normale Nonne, die betet." „Denkst du, sie glaubt an Gott?" Entgeistert sah ich ihn an. „Natürlich glaubt sie an Gott! Sonst wäre sie wohl kaum eine Nonne." „Das ist natürlich ein gutes Argument, Caspar, aber ich kann dir sagen, dass sie vor einigen Wochen ihren Glauben verloren hat. Es gab keinen besonderen Auslöser, sie sah sich diese Welt einfach nur an. Sie sah diese Welt mit all der Tragik und dem Leid und konnte ihren Gott nicht mehr finden. Denn der Gott, an den sie glaubte, dieser gute und gerechte Gott, würde dieses Leid nicht zulassen, was nur bedeuten kann, dass Gott, sofern er existiert, sich dieser Welt abgewandt hat. Und jetzt, jetzt sitzt sie hier seit nunmehr vier Stunden und sucht im Gebet nach ihrem Herrn, vergeblich bis jetzt." „Aber darauf hat die Religion doch auch eine Antwort? Auf die Frage nach der Koexistenz von Gott und Leid, oder nicht? Sollte der Glaube einer Nonne nicht einer solchen Frage Stand halten?" Nun sah er mich verblüfft an. Tja, ich hatte eben mehr drauf, als er denken mochte.

„Oh die Religion hat sogar mehrere mögliche Antworten darauf. Nur bei näherem Betrachten erscheinen sie einem mehr als Ausflüchte und Besänftigung, damit all die Gläubigen ruhig schlafen können, doch tief im Inneren zweifeln sie und die gleichen Fragen, die sich die Nonne dort stellt, nagen und zehren an ihnen unermüdlich. Und genau wie sie lassen sie sich nichts anmerken. Denn wenn sie es täten, würde ihr Weltbild zusammenbrechen und ihre Existenz an sich in Frage stellen und glaub mir, kein religiöser Mensch traut sich, so tief zu bohren, denn dann würden Dinge zu Tage gefördert werden, mit denen sie schlichtweg überfordert wären." „Wieso bist du dir da so sicher? Woher willst du all das wissen? Du erzählst mir Geschichten über irgendwelche Leute. Kennst du die etwa alle oder denkst du dir das nur aus? Ich meine, was soll das alles hier?" Die Märchenstunde ging also weiter. Ich wartete immer ungeduldiger darauf, dass er mir endlich die Antworten gab, die ich schon eine gefühlte Ewigkeit verlangte.

„Lass uns weitergehen." Es war klar. Natürlich wich er meinen Fragen aus. Ich schüttelte den Kopf. „Warum hast du mir von dieser Nonne erzählt?" „Kannst du dir das nicht denken, Caspar?"

Ohne ein weiteres Wort stand er auf und verließ die Kirche. Ein paar Sekunden starrte ich noch die Nonne an und folgte ihm dann. Ich hatte absolut keine Ahnung, was er meinte.

Als ich nach draußen kam, wartete er bereits im Auto auf mich. „Komm, wir müssen weiter." Ich sparte mir die Frage nach dem ‚Warum' und setzte mich auf den Beifahrersitz. Wieder einmal schweigend fuhren wir durch die Gegend. Ich blickte aus dem Fenster. Raum und Zeit schienen an mir vorbeizuziehen. Ich konnte noch nicht einmal genau sagen, was für ein Tag heute war, geschweige denn wo wir überhaupt waren. Bevor ich weiter darüber nachdenken konnte, hielten wir an. „Du schleppst mich in ein Krankenhaus? Ich weiß wie die von innen aussehen, ich arbeite in einem!" „Ja, da bin ich mir sicher. Trotzdem würde ich gerne mit dir dort reingehen." Schon war er ausgestiegen und ging Richtung Eingang. Ich folgte ihm – mal wieder.

Zielsicher bahnte er sich seinen Weg durch die Gänge und machte vor einer offen stehenden Zimmertür halt. Ich blickte hinein und sah wie ein älterer Mann am Bett einer Frau saß, die an mehrere Maschinen angeschlossen war. Er hielt weinend ihre Hand.

„Es war ein Autounfall." „Woher weißt du das?" Meine Frage ignorierend fuhr er fort: „Sie war allein im Auto. Auf dem Rückweg vom Einkaufen. Sie wollte sein Lieblingsgericht kochen. Es war nicht ihre Schuld. Ein junger Mann, der gerade mal drei Wochen seinen Führerschein hatte und sich selbst maßlos überschätzte, kam von der Spur ab und rammte ihren Wagen. Sie wird nicht mehr aufwachen. Es ist bald zu Ende." Voller Mitgefühl sah ich zu dem Mann. Sie waren bestimmt schon lange verheiratet und hatten ein schönes Leben zusammen. Ein Leben, das in nur wenigen Sekunden vollkommen zerstört wurde. Aus welchem Grund? Wut stieg in mir auf. Wut auf eine solche Ungerechtigkeit! „Was ist mit dem Fahrer, der schuld daran ist?" „Er liegt zwei Zimmer weiter. Er hat eine Gehirnerschütterung. Morgen wird er entlassen." Entsetzt starrte ich ihn an. „Was? Das ist nicht fair! Die Frau wird sterben und er lebt einfach so weiter?!" „So wird es sein.", sagte er mit fester Stimme und richtete seinen Blick auf die Frau. In dem Moment ertönte ein Piepen aus dem Raum gegenüber. Ein Ton, den ich nur zu gut kannte, genauso wie dessen Bedeutung. Ich sah wie Schwestern und Ärzte an uns vorbei in das Zimmer rannten. Einer von ihnen schloss die Tür hinter sich. *Zimmer 312.* Erinnerungen schossen durch meinen Kopf und benebelten mich. Hilflos und verzweifelt sah ich ihn an. „Warum tust du das?" „Komm mit!" Er ging und zog mich mit sich.

Wir machten im Warteraum vor den OP-Sälen Halt und setzten uns. Der Raum war fast voll. Männer, Frauen, Kinder – sie schienen alle auf die Ergebnisse der Operationen ihrer Verwandten und Freunde zu warten. Plötzlich stürmte ein Mann herein. „Ich bin Vater!", verkündete er Freude strahlend. Seine Freunde sprangen auf und gratulierten ihm. Es war ein schöner Moment, der mich beinahe den Schrecken von eben vergessen ließ.
„Menschen kommen und Menschen gehen. Tod und Leben liegen dicht beieinander. In diesem Moment trennt sie nicht mehr als ein Stockwerk. Sie sind beide Teil eines Ganzen, das du nicht sehen kannst, wenn du zu dicht an einem der beiden bist. Dafür musst du Abstand nehmen und mit etwas Glück erkennst du es." „Was erkenne ich?" „Den Kreislauf. Den Moment, in dem die Grenze zwischen Leben und Tod verwischt und sie ineinander übergehen."
Ich ließ mir seine Worte durch den Kopf gehen. Er hatte Recht, doch ich wusste immer noch nicht, woher er das alles wusste und warum er es mir erzählte! Ehe ich mich versah, stand er auf und verließ das Krankenhaus. Ich eilte ihm hinterher. Als ich zu ihm aufgeschlossen hatte,

blieb ich abrupt stehen. Es war genug. Ich wollte Antworten und zwar sofort.

„Es reicht mir jetzt. Sag mir endlich wer du bist! Und ich will die Wahrheit. Keine Ausflüchte, keine Ablenkung, die Wahrheit!"

Nun blieb auch er stehen und sah mich eindringlich an. Es herrschte Stille – sekundenlang. Resignierend wollte ich mich schon von ihm abwenden. Sollte er doch seine dämlichen Geheimnisse für sich behalten, nur dann würde unsere „Reise" hier enden, ich brauchte ihn nicht, ich brauchte das alles hier nicht. Plötzlich schüttelte er den Kopf. „Doch." Wieder einmal verwirrt sah ich ihn an. „Was? Nein, warte, vergiss es. Ich habe genug von dir und deinen Märchen." Wütend wandte ich mich von ihm ab und ging.

„Ich bin der Tod." Bei diesen Worten blieb ich stehen. Noch wütender als zuvor drehte ich mich um und warf ihm vernichtende Blicke zu. „Ich sagte: Ich habe genug von deinen Märchen! Du bist doch vollkommen wahnsinnig! Such dir mal Hilfe! Ich weiß überhaupt nicht, warum ich dir gefolgt bin. Du spinnst doch." Ich ging weiter. „Caspar, denk einen Moment nach. Was habe ich dir gezeigt? Dir erzählt? Es ist die Wahrheit."

Ich hielt inne, versuchte, mich zu beruhigen und ließ die letzte Zeit Revue passieren: Sein plötzliches Auftauchen an der Klippe, die Busfahrt, der Sonnenaufgang, die Nonne in der Kirche, das Krankenhaus – all das, was er mir erzählt hatte. Kein Mensch konnte das alles wissen, kein Mensch würde einen wildfremden Menschen durch die Gegend schleifen und versuchen, ihn vom Leben zu überzeugen. War es überhaupt das, was er tat? Wenn er der Tod war, wieso wollte er dann, dass ich das Leben verstand und schätzte? Was wollte er von mir?

Fragend sah ich ihn an. „Nehmen wir mal an, es stimmt, was du sagst. Nehmen wir an, du wärest der Tod höchstpersönlich, was willst du dann von mir? Hättest du mich dann nicht von der Klippe stoßen sollen anstatt mich an all diese Orte zu führen und mir Vorträge zu halten? Hast du sonst nichts zu tun?" Er lachte. „Das ist alles etwas komplizierter als ihr Menschen euch das vorstellt, Caspar." „Dann mach es verständlich für mich als ‚Mensch'!" „Na schön, komm mit." „Was? Nein, auf keinen Fall. Du bringst mich nicht schon wieder an irgendeinen Ort und erzählst mir Geschichten. Das klären wir hier und jetzt." „Caspar, du kriegst deine Antworten. Versprochen. Doch dafür musst du mitkommen." Misstrauisch sah ich ihn an. „Ich warne dich. Ich bestehe auf meine Antworten." Er lächelte. „Ich weiß und du solltest wissen, dass der Tod niemals sein Wort bricht."

Daraufhin gingen wir weiter. Wohin wusste ich natürlich nicht, aber das war ja nichts Neues. Ich vertraute ihm – aus mir unerklärlichen Gründen. Wir stiegen wieder ins Auto und fuhren wo auch immer hin. Ich saß also hier im Auto mit dem Tod als Fahrer. Unglaublich, der Gedanke, dass ich hier der Geisteskranke war, erschien mir immer realistischer.

Wieso glaubte ich ihm das alles? Es war doch totaler Schwachsinn. Der Tod höchstpersönlich. Genau. Ich habe doch sonst nie an diesen übernatürlichen Kram geglaubt. Es konnte nicht wahr sein.

Nur warum wusste er dann all diese Dinge über diese Leute, über mich? Auch wenn ich eigentlich nicht daran glaubte, aber vielleicht würde ich ja noch akzeptable Antworten von ihm bekommen.

Wir hielten an. Wo wir waren, konnte ich nicht wirklich erkennen, es war schon etwas dunkel geworden. Doch als ich das Tor sah, auf das wir zugingen, war mir klar, was er vorhatte.
„Vergiss es. Ich gehe nicht dahin!" Ich blieb auf der Stelle stehen. „Doch, Caspar. Wir werden dahin gehen. Du wirst dich dem stellen. Zu lange bist du weggerannt und hast dich an deinem Schmerz betrunken." Er sah mich ernst und äußerst eindringlich an. „Aber…", ich wurde kleinlaut. Zum allerersten Mal machte er mir Angst. „Nein, keine Ausflüchte. Wir gehen. Jetzt." Seine Stimme schnitt wie eine Klinge durch die eiskalte Luft und ein Schauer lief mir über den Rücken. Ohne Widerworte ging ich und betrat jenen Friedhof, den ich seit Wochen mied. Er blieb vor einem Grab stehen. Ich wusste sofort, welches es war. Es war bedeckt mit Hunderten von Blumen und Kerzen. Zitternd las ich die Inschrift:
‚Was bleibt, ist die Liebe. Lisa Baumann'.
Sofort schossen mir Tränen in die Augen und ich sank auf die Knie. „Caspar, ich will, dass du dich von ihr verabschiedest. Lass sie Frieden finden, damit auch du Frieden finden kannst." „Ich weiß nicht, ob ich das kann." „Du kannst es. Du hast genug getrauert. Verabschieden und vergessen ist nicht das gleiche. Die Erinnerung an sie wird dir niemand nehmen und in eben jener wird sie weiter leben." Er hatte Recht, doch es war so verdammt schwer. Sie war so jung, sie hatte so viel Leid erfahren und an jenem Tag als sie von den Fesseln ihrer Krankheit hätte frei sein können und davon erlöst werden sollte, nahm sie der Tod.

Der Tod. Auf einmal überkam mich eine Welle des Zorns. Ich stand auf und sah ihn finster an. „Du hast sie genommen! Du hast sie getötet!" „An jenem Tag wurde sie von ihrem Leid befreit, Caspar. Die Krankheit hat sie getötet. Sie hatte keine Chance. Es mag so ausgesehen haben, als sei sie auf dem Weg der Besserung gewesen, doch sie hätte die Krankheit niemals besiegt. Sie hätte nur noch mehr leiden müssen." „Aber es ist so verdammt ungerecht! Sie hatte ihr Leben noch vor sich!", ich schrie ihn nahezu an. „Ich weiß. Doch was geschehen ist, ist geschehen. Du musst jetzt lernen, damit klar zu kommen. Lisa würde nicht wollen, dass du dein Leben wegwirfst." Resignierend ließ ich den Kopf hängen. Natürlich hatte er schon wieder Recht. Langsam nervte es. Fragend sah ich ihn an. „Was soll ich denn jetzt tun?"
„Es geht um Entscheidungen, nicht wahr?" Mit den Worten ging er an mir vorbei Richtung Parkplatz.

Entscheidungen. Ja, ich sollte anfangen welche zu treffen! Die letzte Entscheidung, die ich treffen wollte, hatte er mir abgenommen. Jetzt war die Zeit für Antworten gekommen. Nach einem letzten Blick auf Lisas Grab eilte ich ihm hinterher.

Wieder saßen wir im Auto und fuhren durch die Gegend. Er sagte nichts, doch das wollte ich ändern. „Du hast gesagt, ich würde meine Antworten bekommen." Er sah zu mir herüber. „Das ist richtig. Dann los. Stell mir deine Fragen." „Gibt es Gott?" Er legte den Kopf schief und sah mich nahezu belustigt an. „Ich sage dir: Stell mir irgendwelche Fragen und du wählst ausgerechnet diese? Ist das wirklich die Frage, deren Antwort du suchst, Caspar? Oder ist es vielmehr die Frage nach dem

‚danach'? Du denkst, wenn ich dir die Existenz Gottes versichere, gibt es schlussfolgernd auch eine Weiterexistenz nach dem Tod? Ja womöglich ein Paradies? Du vermeidest die konkrete Frage, die dich eigentlich quält, um der möglichen, jedoch nicht deiner Hoffnung entsprechenden, Antwort zu entgehen und der Wahrheit nicht ins Gesicht blicken zu müssen, obwohl du davon ausgehst, egal wie ich antworten werde, eine Antwort auf deine eigentliche Frage zu erhalten. Du hättest nur eben gern die Wahrheit gefiltert, nicht wahr, Caspar?"

Verblüfft sah ich ihn an. „Dir macht das Spaß, oder? Mich zu ärgern, zu quälen… es bereitet dir schon eine gewisse Freude, nicht wahr?" „Ah wie ich sehe reagierst du immer noch allergisch auf die Wahrheit", entgegnete er mir mit einem selbstgefälligen Grinsen. Wütend verstummte ich. So viel zum Thema „Du kriegst deine Antworten."

„Gib nicht so schnell auf, Caspar. Du bekommst deine Antworten, jedoch habe ich nie gesagt, dass der Weg dahin leicht sein wird." „Toll. Dann antworte mir doch." Ich war nun leicht gereizt. „Ich habe auch nie gesagt, dass du die Antworten von mir bekommst." Ungläubig blickte ich zu ihm. „Du verarscht mich! Was soll das?"

„Caspar, die Antworten auf deine Fragen musst du selbst herausfinden. Ich werde dir nicht sagen, ob es Gott gibt oder ein Leben nach dem Tod. Wenn du dir nämlich dessen sicher wärst, was wäre dann noch dein Leben? Wenn du wüsstest, dass der Tod nicht das Ende ist, was ist dein Leben dann noch wert? Unwissenheit ist in diesem Fall ein Segen, Caspar. Du weißt nicht, was morgen sein wird, und das ist auch gut so. Das macht jeden Moment so einzigartig und kostbar. Das macht dein Leben lebenswert. Schmeiß es nicht weg. Geh deinen Weg. Er wird nicht immer einfach sein, aber es ist dein Weg, deiner allein und du bestimmst seine Richtung. Es geht um Entscheidungen. Um deine Entscheidungen. Deine Antworten bekommst du früh genug. Lass dich von ihnen überraschen. Wenn du einen Film siehst, willst du doch auch nicht vorher wissen, wie er endet. Es soll bis zum Ende hin spannend bleiben. Und da du nicht weißt, wie lange dein ,Film' dauern wird, solltest du jede Sekunde davon genießen und das Beste daraus machen." Mit den Worten stieg er aus dem Auto, das er am Wegesrand zuvor abgestellt hatte. Als ich ausstieg und mich umsah, erkannte ich, wo wir waren. Ich sah wie er den Weg zur Klippe einschlug, auf der ich erst vor kurzem stand und hinunter springen wollte. Hundert Meter davor machte er Halt und als ich zu ihm aufschloss, sah ich warum. Zwei Polizeiautos, ein Feuerwehrwagen sowie Notarzt und Krankenwagen standen dort. Über den Felsen in der Brandung kreiste ein Hubschrauber.

„Was ist hier los?", fragte ich ihn, schließlich wusste er immer alles. „Du bist gesprungen, Caspar."
Entgeistert starrte ich ihn an. „Was? Bin ich tot? Aber… ich verstehe nicht. Ich bin doch hier." „Raum und Zeit sind mehr als relativ, Caspar. Du bist gesprungen und die Brandung hat dich gegen die Felsen geschleudert. Nein, tot bist du nicht. Sie haben dich gerettet. Du liegst im Koma. Sie warten darauf, dass du aufwachst."
Das konnte nicht sein. All das hier war nicht echt? Ich verstand die Welt nicht mehr. „Aber es fühlt sich alles so verdammt real an!" „Nur weil es in deinem Kopf passiert, kann es nicht Wirklichkeit sein?" Wieder einmal verwirrt sah ich abwechselnd ihn und dann die Rettungskräfte vor

mir an. „Was bedeutet das alles? Ich verstehe gar nichts mehr."

Auf einmal wurde sein Blick ernst und er sah mir tief in die Augen, wenn nicht sogar in die Seele. „Caspar, du musst eine Entscheidung treffen. Du hast eine zweite Chance erhalten. So etwas ist verdammt selten. Also wähle weise!" Ich nickte. Meine Entscheidung war längst gefallen: Ich wollte leben.

Er lächelte beruhigt. „Gut. Wir sehen uns, mein Freund." Gerade als ich etwas sagen wollte, war er verschwunden. Auch die Umgebung fing auf einmal an verschwommen zu werden. Ich wurde unruhig, mein Puls erhöhte sich und ehe ich mich versah, befand ich mich in einem Krankenhausbett, umgeben von Schläuchen und Maschinen. Ich traute meinen Augen nicht. Was um alles in der Welt war das gerade? War das hier real?

Schnell wurde ich aus meinen Gedanken gerissen als die Zimmertür aufflog und eine Schwester hinein kam.

„Caspar! Du bist aufgewacht! Endlich! Wir haben uns alle solche Sorgen um dich gemacht! Wie geht es dir?"

„Gut, denke ich." Sie überprüfte die Geräte und rief einen Arzt ins Zimmer. Dr. Saale kam kurz darauf hinein.

„Sie haben uns einen ganz schönen Schrecken eingejagt! Was haben Sie nur an dieser Klippe gemacht? Wollten Sie sich umbringen?"

Für einen kurzen Moment dachte ich über die Frage nach. „Nein. Ich muss wohl abgerutscht sein. Keine Ahnung wie das passieren konnte." Er nickte nur verständnisvoll und sagte mir, ich sollte mich ausruhen, weitere Untersuchungen würden später erfolgen. Daraufhin gingen beide zur Tür, zu der mein Blick fiel. Eine mir nur zu gut bekannte Person stand dort draußen mitten im Flur, lächelte wissend und nickte mir zu. Ehe ich etwas sagen konnte, war er auch schon wieder verschwunden. Hatte ich mir das nur eingebildet? Träumte ich?

Egal. Ob Realität oder nicht, ich hatte meine Entscheidung getroffen: Ich wollte das Leben, mit all seinen Ecken und Kanten, Wundern und Schrecken. Vor kurzem war ich bereit zu sterben, jetzt war ich bereit zu leben und ich glaube, dafür musste ein Teil von mir sterben.

Meinen seltsamen „Freund" würde ich früher oder später eh wiedersehen und bis dahin wollte ich das Leben auskosten. Ich hatte nicht die Absicht, ihm einen Grund zu geben, mich bei unserer nächsten Begegnung erneut tadeln zu müssen.

Epilog

So stand ich hier, unter mir nichts als Wasser und Felsen, an welche meterhohe Wellen mit einem Zorn und einer Beständigkeit preschten, die mir einen Schauer über den Rücken jagten. Hier hätte es enden können, vor sechs Monaten. Sechs Monate war es her, als ich hier jemandem begegnete, der alles veränderte. Zu sagen, er hätte mich zum Nachdenken gebracht, wäre eine Untertreibung.

Seit unserer kleinen Reise, wie ich es zu nennen pflege, hatte sich mein Leben komplett geändert. Nachdem ich im Krankenhaus aufgewacht bin, war ich so voller Energie und Lebenslust, dass ich dachte, jetzt würde sich alles zum Positiven wenden. Diese Euphorie hielt ganze vier Wochen.

Jetzt stand ich wieder hier. Nein, springen wollte ich nicht. Ich hatte gehofft, dass *er* wieder hier neben mir aus dem Nichts auftauchen würde. Es war verrückt, das wusste ich, denn ich konnte ja noch nicht einmal sagen, ob unsere Begegnung überhaupt real war, ob *er* überhaupt real war. Aber ich war verzweifelt, ich hatte noch so viele Fragen.

Ich wollte das Leben genießen, es wirklich leben. Doch wie kann ich den Sonnenuntergang bestaunen, wenn ich weiß, dass die Zeit der Natur langsam abläuft und wir Menschen dafür verantwortlich sind? Wie kann ich unbesorgt durch die Welt gehen, wenn es Menschen wie den Bauarbeiter im Bus gibt? Wie kann ich mein Leben lieben, wenn ich mitansehen muss, wie Menschen sinnlos sterben? Wie die ältere Frau im Krankenhaus. Wie Lisa.

Ich hatte nun verstanden, warum er mir die Nonne in der Kirche gezeigt hat, die ihren Glauben verloren hatte. Er wusste, dass mit mir das Gleiche passieren würde. Die Nonne nahm es nicht einfach so hin, nein, sie betete stundenlang und versuchte, ihren Glauben wieder-zufinden.

Ich werde es auch nicht einfach so hinnehmen. Ich werde handeln und ich hoffe, dass ich meinen Glauben an das Leben und auch an die Menschen finden werde, auch wenn meine Suche schwierig und lang sein wird.

Der Termin beim Radiosender war ein Anfang. Es gab dort die Aktion „Hörer für Hörer". Man konnte Sendezeit gewinnen und diese durfte man selbst gestalten und moderieren. Ich gewann 30 Minuten. 30 Minuten mussten reichen. Ich wusste noch nicht einmal, wie viele überhaupt diesen Sender hörten und wen ich erreichen würde, doch es war ein Anfang und nur das zählte.

Ich stand nun also hier in der Sprecherkabine. Man gab mir ein Zeichen und ich fing einfach an zu reden.

„Irgendjemand sagte einmal, dass wir am Abgrund stehen würden. Doch das ist nicht wahr. Wir befinden uns bereits im freien Fall. Es ist nur noch eine Frage der Zeit bis es zum Aufprall kommt. Irgendetwas muss passieren. Man gelangt manchmal an einen Punkt, an dem es nur zwei Möglichkeiten gibt: Änderung oder Zerstörung. An diesem Punkt sind wir. Jetzt geht es um Entscheidungen.

Diese Welt, die Menschen erschaffen haben, die die Dreistigkeit besaßen, ihre Herrschaft für sich zu beanspruchen, macht mich krank und bringt mich zur

Verzweiflung. Zugegebenermaßen könnte ich es verdammt einfach haben, wenn ich doch bloß auch nur so ein naiver Ja-und-Amen-Sager mit dem Horizont einer knienden Ameise wäre, aber ich bin es nicht. Wie kann ich in einem Land leben, in dem ich von vorne bis hinten belogen und betrogen werde? Wie kann ich in einer Welt leben, die sich nur um Geld dreht und deren Herrscher darauf bedacht sind, den „Pöbel" ruhig zu halten? Ich will weder Diener noch Sklave sein, doch Freiheit ist in dieser Zeit nur ein Ideal, von dem wir träumen können. Doch dieser Traum sollte Realität werden! Befreit euch von euren unsichtbaren Fesseln! Nehmt nichts hin und hinterfragt alles. Wir werden belogen, Tag für Tag. Pressefreiheit ist in dieser Welt nur ein Wort, eine leere Hülle. Wir können uns nicht einmal annähernd vorstellen, wie viel uns verschwiegen wird, wie viel vertuscht wird, weil die Wahrheit erschütternd wäre. Diese Lügen ziehen sich durch alle denkbaren Bereiche: Politik, Wirtschaft, Geschichte, Wissenschaft. Doch wer an der offiziellen Berichterstattung zu zweifeln beginnt, wird sofort als Verschwörungstheoretiker abgestempelt und ins Land der Mythen und Märchen verwiesen. Aber was war denn mit 09/11 oder dem Irakkrieg? Oder den Kampfeinsätzen der NATO aus Friedensgründen. Frieden! Das ist ein schlechter Scherz, aber das blinde Volk glaubt daran. Satellitenstaaten, Schutzmächte, Stellvertreterkriege – irgendwie kommt einem das doch sehr bekannt vor, doch niemand scheint sich erinnern zu wollen und vor allem nicht daran, wie nahe man einst am Rande einer nuklearen Katastrophe stand.

Man hätte meinen können, dass diese Zeiten vorbei sind, doch wir blicken ihnen geradewegs ins Angesicht. Es wird in sehr naher Zukunft etwas passieren. Vielleicht stürzen die Finanzmärkte zusammen, was unglaubliche Folgen für die westliche Welt haben würde. Vielleicht stürzen wir uns in den dritten Weltkrieg, welcher mit Sicherheit noch fataler ausfallen würde. Vielleicht geht aber auch die Welt unter, weil sie uns Menschen einfach nicht mehr ertragen kann. Oder aber ich wache endlich aus diesem Albtraum auf, was ich allerdings für äußerst unwahrscheinlich halte.

Fakt ist, das Fass ist kurz vor dem Überlaufen, die ersten Tropfen sind bereits gefallen. Ihr könnt es überall spüren: Die Welt schreit nach Veränderungen, nach dem Anbruch eines neuen Zeitalters. Ich weiß nicht, wie dieses aussehen wird. Ich weiß nur, dass sich viel ändern muss und das fängt bei jedem einzelnen von uns an. Es fängt damit an, dass DU deine Denkweise veränderst:
FREE YOUR MIND!
Ein Mann sagte einmal: „Schlimmer als blind sein, ist nicht sehen wollen." Ich möchte, dass du die Augen öffnest und siehst. Ich bitte dich nicht um viel, ich bitte dich lediglich um ein paar Minuten. Ein paar Minuten, in denen du mir zuhörst und vielleicht noch ein paar Minuten, in denen du darüber nachdenkst. Mehr nicht.

Wusstest du, dass jeden Tag 18.000 Kinder sterben? Wusstest du, dass jeden Tag 100 Tier- und Pflanzenarten aussterben? Wusstest du, dass täglich, stündlich Menschen Opfer von Gewalttaten werden, weil sie eine andere Hautfarbe haben, eine andere Religion, eine andere Überzeugung, weil sie den „falschen" Menschen lieben oder einfach weil sie sind, wie sie sind? Du wirst das hier hören und vielleicht entsetzt den Kopf schütteln und seufzen, genauso wie wenn du im

Fernsehen die Bilder aus den Krisengebieten siehst und dann wirst du sie vergessen und dich wieder deinem Leben widmen, du hast schließlich auch Probleme.

Verstehe mich nicht falsch. Ich will dich nicht anklagen. Ich will nur versuchen, dir die Augen zu öffnen. Menschen leiden. Menschen sterben. Jeden Tag, jede Stunde, jede Minute. In diesem Moment leiden und sterben Menschen. Jetzt während du vor deinem Radio sitzt und das hier hörst. Ich weiß, das kommt einem sehr unrealistisch vor, wenn man in seiner kleinen heilen Welt sitzt. Es erscheint dir alles so weit weg. Aber stell dir vor, es sind zum Beispiel Kinder, die du kennst. Das Kind des Nachbarn oder das Kind von Bekannten oder dein eigenes. Kannst du annähernd nachvollziehen, wie sich tausende von Menschen täglich fühlen, weil sie jemanden verlieren? Hast du nicht auch schon einmal jemanden verloren, der dir am Herzen lag? Kommt dir die Welt jetzt nicht ein Stück kleiner vor? Denn dort draußen gibt es Menschen, die den Schmerz empfinden, den du selbst auch erfahren hast. Verdienen sie nicht mehr als ein kurzes Seufzen?

Fang an zu begreifen und zu hinterfragen. Warum sterben diese Menschen? Meistens sind Gewalt und Missstände die Antwort auf diese Frage. Und warum gibt es diese Gewalt? Weil die Menschen nicht aufhören können in schwarz und weiß zu denken. Die „Guten" bekämpfen die „Bösen", weil die „Bösen" ja böse sind. So einfach ist das. Ich muss zugeben, dass diese Denkweise wirklich die bequemste ist und am wenigsten Umstände bereitet. Man muss sich nicht genauer mit irgendwelchen Sachverhalten beschäftigen und kann sehr schnell ur-teilen. Dass man mit einem solchen Urteil richtig liegt, ist natürlich sehr wahrscheinlich, denn fast die komplette restliche Bevölkerung denkt nach dem gleichen Schema. So sind sich immer alle einig und jeder ist glücklich, gut bist auf die, die verurteilt wurden, aber das wurden sie ja schließlich zu Recht. Wenn du an dieser Denkweise festhalten möchtest, solltest du jetzt dein Radio ausschalten.

Nun, kurz gesagt: Es gibt kein schwarz und weiß. Warum? Das möchte ich dir an einem realen Beispiel erklären. Erinnerst du dich vielleicht an den Fall Marianne Bachmeier? Am 06.03.1981 erschoss sie den Mörder ihrer siebenjährigen Tochter im Gerichtssaal. Er hatte das kleine Mädchen in seine Wohnung gelockt, sie vergewaltigt und danach erdrosselt. Bei diesem Fall funktioniert das altbekannte Schwarz-Weiß-Schema nicht. Der Mörder ist der Böse, das ist klar, doch mit der Interaktion von Frau Bachmeier verschiebt sich hier etwas. Der Mörder wird auf einmal zum Opfer und das ehemalige Opfer bzw. dessen Angehörige wird zum Mörder, zum Bösen. Wenn man Marianne Bachmeier nun als Böse sieht, ist schlussfolgernd der Mörder nun der Gute. Doch das passt uns nun rein gar nicht, das wäre ein Paradoxon schlecht hin. Du siehst, das Schwarz-Weiß-Schema funktioniert nicht. Und lass mich dir etwas verraten: Es funktioniert nie, deswegen gibt es auch kein schwarz und weiß. Es sind vielmehr unzählige Grautöne, um bei der Metapher zu bleiben. Du denkst jetzt, dass das nichts Neues für dich ist und dir das bewusst war, aber war es das wirklich immer? Du musst in deinen Erinnerungen nicht nach solch komplexen und dramatischen Beispielen suchen wie das eben erläuterte. Denke vielmehr an deine letzten Begegnungen, an deine letzten Schwarz-Weiß-Urteile. Hast du vielleicht dem türkischen

Brötchenverkäufer heute Morgen keinen guten Tag gewünscht, dem Herrn Müller von nebenan aber schon? Oder hast du vielleicht dem homosexuellen Pärchen im Café missbilligende Blicke zugeworfen während du mit deiner besten Freundin und ihrem Mann Cappuccino getrunken hast? Hast du nicht auch im gleichen Atemzuge den tätowierten, muskulösen Mann mit Glatze als Neonazi abgestempelt? Hast du nicht auch nachgesehen, ob dein Portemonnaie noch da ist, als an dir eine Gruppe von Punks vorbeigelaufen ist? Du gibst all das natürlich nicht zu, du bist ja schließlich ein weltoffener Mensch, aber wenn du tief in dich hineinblickst, weißt du, dass du schon einmal in ähnlichen Situation ähnlich gehandelt hast und verdammt schnell mit einem Urteil bei der Hand warst. Ich sage es noch einmal: Ich verurteile dich nicht. Mir passieren solche Fehlurteile aufgrund von Vorurteilen auch, denn sie sind so verdammt einfach zu fällen. Ich möchte dir nur vor Augen führen, dass sie falsch und vollkommen primitiv sind. Ich will, dass sich die Menschheit endlich von ihrer alles beherrschenden Xenophobie befreit. Nur weil uns etwas fremd ist, weil wir es nicht kennen und nicht verstehen, ist es doch noch lange nicht schlecht. ‚Mit Menschen, die anders sind, stimmt doch etwas nicht.‘ Ja, da hast du recht, es stimmt nicht, dass sie minderwertig sind. Wer bist du, dass du es dir erlaubst, über diese Menschen ein Urteil zu fällen? Kennst du ihre Geschichte? Kannst du mit ihren Augen sehen? Nein! Du kannst es nicht und du wirst es auch nie. Du kannst nur versuchen, sie zu verstehen, und wenn du dir selbst diese Mühe nicht machen willst, dann toleriere und akzeptiere sie wenigstens, das ist das Mindeste.

So wie du deine Mitmenschen behandelst, so behandelst du vermutlich auch deine Umwelt. Es ist mir vollkommen egal, ob du die Klimaerwärmung für eine Tatsache oder für eine Modeerscheinung hältst. Es ist mir auch vollkommen egal, ob du für oder gegen Atomkraft bist. Das einzig Wichtige ist, dass wir endlich aufhören, diesen Planeten so zu behandeln, als hätten wir noch unzählige Kopien davon auf der Reservebank. Denn das ist nicht der Fall! Wir haben nur diese eine Erde, eine zweite wird es nicht geben. Also frage ich dich, wie dir dann ihr Zustand egal sein kann? Nach dir die Sintflut oder wie? Was ist mit deinen Kindern und deren Kindern? Es wird keinen Garten mehr geben, in dem sie spielen können. Es wird keine Welt mehr geben, in der sie leben können. Aber dir kann das ja egal sein, denn der Staub deiner Knochen wurde schon vor Jahrzehnten hinfort geweht.
Sieh dir diese Welt doch nur einmal an. Sie ist wunderschön. Sie ist die Heimat so vieler Pflanzen und Tiere. Sie ist unsere Heimat. Der Mensch hat die Angewohnheit, sich alles zu eigen zu machen und alles beherrschen zu wollen. Doch wann wird er lernen, dass er die Natur nicht beherrschen kann? Wenn die Naturkatastrophen noch zahlreicher werden? Ob ich glaube, dass Katastrophen wie Erdbeben und Überschwemmungen ein Racheakt der Natur sind? Vielleicht. Vielleicht ist es aber auch nur eine Warnung oder eine Art Hilfeschrei. Das ist vollkommen irrelevant. Wichtig ist nur, dass wir unseren Planeten mit dem verdienten Respekt behandeln und seinen Erhalt für die Nachwelt sichern. Das ist unsere Aufgabe. Das ist deine Aufgabe.
Darum sage ich: Befreie endlich deine Gedanken, deinen Verstand. Du bist benebelt von so vielen unnötigen und unwichtigen Dingen, die dir den Blick auf das Wesent-

liche trüben. Ein Mann sagte einmal: „Habe Mut, dich deines eigenen Verstandes zu bedienen." Mir scheint, dass diese Aufforderung heute aktueller denn je ist.

Du denkst, du wärst ein unabhängiger, aufgeklärter Mensch des 21. Jahrhunderts? Glaub mir, du bist es nicht. Du wirst gelenkt von den Massenmedien, du glaubst, was sie wollen, dass du glaubst. Du unterliegst den Zwängen dieser Gesellschaft, um dazu zu gehören. Du verzichtest unbewusst auf deine Individualität, um dich unterzuordnen. Du bist ein Stereotyp, der in der Menge untergeht. Wenn ich dich fragen würde, wer du bist, was du bist, was würdest du mir antworten? Würdest du mir deinen Beruf nennen? Oder deinen Familienstand? Deine politische, religiöse oder sexuelle Orientierung? Wären diese Dinge das, was dein innerstes Wesen auszeichnet? Bist DU das? Nein. Du bist ein Mensch mit absolut individuellen Eigenschaften und Fähigkeiten. Dich mit einem Wort beschreiben zu wollen, ist Utopie. Kein Stempel, der dir aufgedrückt wird, wird dir gerecht. Du bist einzigartig und das nicht nur im biologischen Sinne. Hör auf in diesem Strom zu schwimmen. Brich daraus aus. Lass dich in keine Schublade stecken! Werde endlich zu dem, was du wirklich bist und versteck dich nicht hinter gesellschaft-lichen Konventionen. Befreie deinen Geist. Erfahre, was Freiheit wirklich bedeutet. Lass deine Gedanken nicht von unbegründeten Ängsten und Vorurteilen be-herrschen. Denke immer daran: Du bist ein freier Mensch. Du hast immer die Wahl. Du hast die Wahl, ob du zusammen mit den anderen Steine wirfst auf diejenigen, die ihr Recht auf Individualität in Anspruch nehmen oder ob du dich schützend vor sie stellst. Du hast die Wahl, ob du es ignorierst, wenn Menschen und

Tiere gequält und getötet werden oder ob du einschreitest. Du hast die Wahl, ob du dem langsamen Zerfall des Planeten und somit der Menschheit einfach zusiehst oder ob du endlich etwas tust. Es ist deine Entscheidung. Ich habe dir nur die Kreuzung gezeigt, für welchen Weg du dich entscheidest, liegt ganz bei dir.

Viele Fragen, einige Antworten. Ich weiß, ich kann hiermit nicht die Welt retten. Ich weiß, für viele ändert das hier rein gar nichts. Aber ich hoffe, dass ich dich zum Nachdenken bringe. Kein Mensch kann große Veränderungen allein herbeirufen, deswegen erzähle ich das alles hier.
Es geht jetzt um Entscheidungen. Um deine Entscheidungen. Es ist unlängst Zeit für eine Revolution. Eine Revolution in den Köpfen der Menschheit. Gemeinsam können wir die Welt verändern, wenn du anfängst, nachzudenken, Dinge zu hinterfragen und nicht aus der Einfachheit heraus den Weg gehst, den schon zu viele vor dir gegangen sind. Das ist der erste Schritt in die richtige Richtung. Wie es dann weitergeht, hängt ganz von dir ab.

Eine letzte Frage steht noch im Raum, ich weiß. Du willst wissen, wer hinter diesem ganzen steckt, wer sich so viele Gedanken gemacht hat. Also, wer bin ich? Ich bin nur ein nach seinem Glauben Suchender, der die Menschheit bittet, die Augen zu öffnen.

Ein letztes noch: Denke daran, der Schlüssel zu deinen Ketten liegt in deiner Hand. Du musst nur den Mut haben, sie zu öffnen. Den Mut haben, zu kämpfen!"